歌集

ゆりの木の影

安部真理子

飯塚書店

歌集　ゆりの木の影　目次

まつすぐに来る――71

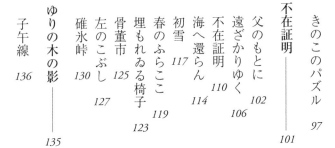

歌集　ゆりの木の影

安部真理子

山鳩の声

山鳩の声

山鳩の声聴きてをり母在りし日とかはらずに夕暮の来る

お喋りのつもりにあらん傍にきてときどき吠ゆるこの家の犬

春浅き店先に並ぶジャスミンの花を小さき蜂がめぐれる

二、三回まはりて途切るる大縄跳びそのつど違ふ人つまづきて

豆腐一丁買ひて押さふる穴のなき喇叭の吹きかた教はりてゐる

のぞき込むわが顔うすく映りゐるガラスのむかうの春のスカーフ

出かけてゐただけだと父の帰りくる夢の中にも母はいまさず

灯台

灯台の階段のぼりくる音のひびけどなかなか近づきて来ず

役目おへし霧鐘が錆びておかれをり崖の上にもとどく波音

突端《とっぱな》に低く生ひゐる浜茄子は風のなかすでに花期を終へをり

単線のホームにあがる石段《いしきだ》に腰掛けて電車くる音を待つ

ビードロ

船頭もわれらもともに背をかがめ石橋の下くぐり抜けたり

ジンジャーの丈たかく咲く岸もすぐ遠のきてゆく舟に下れば

「形成」は終刊号が置かれあり土蔵のなかの歌誌の展示に

子どもらは「きょうは遊ぶと」「遊ぶと」と声かけあひて放課後をゆく

たつたいままで「裸童子」のをりしやう石積みの土手に日のあたりゐて

柳川鞠小《ち》さきをリュックに下げて歩む何処《いづこ》ゆきても水匂ふ町

佐賀駅の「旅の図書館」男子生徒がかがんで本を選びてゐたり

改札のわきの小さな本棚をのぞきて発車の刻《とき》まで過ごす

被爆の木でつくりし太鼓の音をきく長崎で見る朝のニュースに

心細くなるまでいくつも峠越え着きたりキリシタン隠れゐし村に

出津《しつ》天主堂の祈れるマリア　とほく来て病みながき友の代りに額づく

写本にて伝へられ来しとふオラショでうすの文字をからうじて読む

食むことも装ふこともせぬ母へ みやげは瑠璃色あはきビードロ

オリーブの木

一人暮しはじめんとして娘《こ》は使ひ慣れたる毛布もちゆくといふ

クッションのカバーを縫へり一人立ちする子にしてやれることの少なく

道端にかがみ幼き日のごとくたんぽぽの綿ふきとばしたり

オリーブの木の下にシートひろげたり一日だけのふたりのお店

リサイクル・マーケットの旗はためけり隣の店は雑貨売りゐる

可愛がつてくださいと声かけてをり娘《こ》はテディベアを手放さんとして

拾円で売るエコバッグ値切られて戸惑ひながら半額とする

これ素敵なシャツねと広げゐるらしきさくらの声がここまで聞こゆ

売上げで買ひたる鉢植ゑひまはりは置きて一人の部屋へと帰る

キャットテールの剪定方法をメールするざつと描きたる絵も添付して

食卓

かぞへきれぬほどの食事を囲みこし卓か細かき疵のつきゐる

腰がはいつてゐないよなどと言ひあひてかはるがはるに鉋をかくる

あたらしきニスを塗りゆく父親となりしころ作りくれたる卓に

お絵かきも宿題も卓でしてゐし息子《こ》ノートパソコン持ちきてすわる

木の肌のあらたになれる食卓のひとつ空く席きはだちて見ゆ

銀箔の

その年の吉凶うらなふ湯立神楽　笹の湯しぶきわれにもかかる

神も人も楽しむかぐら杓文字もつ山の神きておどけつつ舞ふ

銀箔のひかりを海の帯びはじめ雲とのさかひくつきり見え来

からみたる海藻を網からはずす作業ときには光るさざえもとりて

この時期の搗布《かぢめ》は枯葉かたければ食べぬといひて惜しげなく捨つ

供出のかぢめを灰にし爆弾に混ぜしと言へり九十歳は

くるぶしを濡らして歩みゆく浜に材木座海岸とほく見えゐる

鎌倉郡材木座村乱橋《みだればし》　曽祖母生まれしは何処《いづこ》あたりか

面映ゆし

付き添はれゐること少し面映ゆく子と外来の椅子に待ちをり

手術さるる右足の裏いつぱいに「自筆の名前」をマジックで書く

麻酔きれしのちに痺れてくくくと笑ひをこらへゐるやうな足

日に一度直す包帯ゲートルのやうにと聞けば締めあげて巻く

ゲートルと口にするとき征きしまま帰らぬ者のざわめく気配

鮭の背に

早池峰ははや初冠雪あたたかくして来よと告ぐ電話の声は

曲り家の生活ささへこし土間はあふとつ多し土乾きゐて

雪の日は馬に穿かしし藁のクツゴとほき日のまま壁に下がれり

石の下の刺身といふは漬物なりほどよくつかる蕪《かぶら》が盛らる

電灯の下に読みをりだまされて餅をきつねに盗《と》らるる話

昔むかし鮭の背に乗り来し祖《おや》をもつ人か畑《はた》の土おこしをり

デンデラ野へはやや上り坂われ一人降ろしてバスは折り返しゆく

六十歳《ろくじふ》になれば遣らはれ来しといふデンデラ野に丈ひくき枯草

生と死のつなぎめにありしデンデラ野初冬の光がくまなくそそぐ

ばんば馬放たれゐるが寄りきたり脚先の毛を泥によごして

座敷わらし去りゆき絶えし孫左衛門の家跡はホップ畑の中に

河童棲みてゐしと伝はる流れにて大根あらふと老女《おうな》は屈む

七十五俵を供出しあひ建てしとの沿革　閉校の文字にて終る

「来賓」の立て札はいまも納屋のなか学校行事に湧きし日ありけん

どの家も軒ちかくまで薪積みて冬を迎ふる構へとなりゐる

のぼりくるトラックの音バスの音聞き分け老女はひとり住みをり

一日に四往復のバスに頼る暮しをあたたむる薪のストーブ

帰京して日ははやく過ぐデンデラ野うづめて雪の降りつむころか

小麦粉の生地をちぎりて汁に放ち見やうみまねのひつつみ拵ふ

ブックポスト

風つよく吹きし昨夜かブックポストに落葉いくひら舞ひ込みてをり

持てるだけの本を左手に書架のあはひ行き来す右手はこまごま使ふ

二週間にいちど来る人　返却の本からたびたび枯れ草こぼる

駱駝に本とテントをのせてゆくといふ隊列われも紛れてみたし

待たれゐて砂漠をよぎりゆくならん駱駝のはこぶ移動図書館

海辺の町

みんなみの島

本土から壱千キロの小笠原　雀のゐないみんなみの島

ガジュマルはほしいまま気根のばしをり弾薬庫の壁おほひ崩して

言ひ伝へのとほり天気の崩れたり　野山羊が麓にゐると雨になる

島時間は朝《あした》が早し七時にはもう商店が開きてをりて

昼飯を食べよは「ひやうらう噛みやれ」と言ひにきと聞く島の古老に

グアバの実はくりぬかれをり森林の住人めじろに先越されゐて

耳たててこちらを見つめてゐし野山羊つとひるがへり木の間に消えぬ

亜熱帯なりに初冬をむかへゐてビーデビーデの花にはあへず

戦闘機の残骸おほひつくすまで繁茂してゆく銀合歓ならん

風の夜となりてココナツ椰子の葉のさやげる音にながく醒めをり

生活物資も運搬するゆゑ四メートルぐらゐの波では欠航はせず

天気図が船内サロンに貼られたり季節はづれの台風ちかづく

二人づつ四時間交代に守るといふエンジンの音のなかに眠りぬ

マロニエ

巣のふちの繕はれゐて土あたらし燕と暮らす日々のはじまる

月にいちど訪るる街けふは花穂たかくかかぐるマロニエにあふ

銀座通りの人なかに佇つ托鉢僧にせものならんと囁かれゐる

ショーウィンドーの棚に置かれてガジュマルがおとなしさうな風情にゐたり

「鬼のごと黒く地獄のごと熱き」珈琲　白秋と同じものを飲む

海風ともビル風ともつかず吹く辻に江戸風鈴のあきなはれをり

からくりの人形が刻《とき》をかなでをへ解かれしやうに人ら散らばる

海辺の町

駅前から海にでるまでが商店街　日曜の午後を人影少なし

その年の夏はじまりき絡みたる草を払ひて扉あくれば

われを子をはぐくみくれし家の木々大きくなれり　ひぐらしの鳴く

見おろせる海辺の町を横切りてゆく夜の電車飽かず眺めき

雑草にうづもれてをりななふしのかいだんと子らが呼びゐし石段《いしきだ》

戸袋に開けられし穴　啄木鳥の巣もそのままに古りてゆく家

時かけて海暮れゆくを見てきたり日傘たためば砂がこぼるる

海の匂ひかすかに残れるストールをまとひて渋谷の雑踏をゆく

十一匹目の蝦蟇

冬眠まへの蝦蟇をとらへて公園に引越しさせしと十匹をりしと

庭にくる野猫も兄は連れゆきぬ仮住まひなるアパートの部屋に

大家へは五匹の猫と少なめに届けておかん　不動産屋のいふ

老木の伐り倒されて葉のあひに踊りゐし光も運び去られぬ

最後になると思ひもせずに食みたりき去年は柿をいつものごとく

木守りの柿の実にくる鵯のこゑ聴きとめて母の言ひゐき

粉雪はつもらず止みて日暮れたり母の逝きにし刻《とき》のちかづく

母が待つてゐるから帰るといふ父を送りゆく夢のなかの駅まで

ユニバーサルデザインといふこれからを義姉《あね》とふたりで過ごさん家は

目覚めたる十一匹目の蝦蟇が行き来してをり向かひの家とのあひだを

木仏

帰り着きし息子《こ》とインスタントのスープ飲む復旧したるガスに沸かして

地下ホームの天井落ちると思ふほどの揺れに泣き出す女《ひと》もゐしとぞ

転げ落ちし電子レンジは床に置きて使ふ大地震《おほなゐ》の後のいく日

そのむかし津波にのまれし人の魂《たま》みちびきたまへる木仏《きぼとけ》ときく

地蔵堂ごと流されし木仏を描けるうすずみいろの三体

木仏の再建費用に充てるとふ『みちびき地蔵』の絵本を売りて

机の下にもぐりたるまま子どもらは読みつづけをり余震すぎても

雨にからだを

沼の主の蛇にかあらん枝にきて雨にからだをうたせてゐたり

跳ねるやうに走る野ねずみ目で追ひてとり残さるる朽葉のなかに

沼のほとりの草のかすかに乱れゐて亀のゆくへを示すひとすぢ

草むらに産卵しをり石亀は乾ききりたる甲羅さらして

午後の二時少しかげれば雑木々のなかにひぐらし鳴きはじめたり

リュック置き休みてゐれば細くながき脚繰りながらざとうむし来る

触角でリュックを探りざとうむしやがて落葉に戻りゆきたり

孵化まであと幾日ならんふたつならぶ守宮の卵に赤みさしゐる

わが手から逃れて白き架はゆくけさらんぱさらん風に乗りゆく

案山子

分れてより線路はカーブをえがきゐてわが乗る車両おほきく傾ぐ

風のとほる道がまざまざとして見ゆうねりつつ稲の倒されゆきて

ディーゼル車の旅するわれを見あげをり峡《かひ》のたんぼのなかなる案山子

降りることなくて過ぎたり山あひの駅のホームにカンナ咲きゐき

木犀にほふ

野分やみし朝を急げりまだ青き椎の実ちらばる駅までの道

読みさしの本とぢて膝に置きをればわたしを呼びて山鳩のこゑ

縁日の玩具照らす灯子《ひ》をつれて来し夜はもつとかがやきてゐき

水飴をねだる幼は連れてゐず絡めゆくさましばらく眺む

生きてあらば父の白寿となれるけふ在りし日のごと木犀にほふ

ずんと重し

舫丁船《ばうちやうせん》を沈まんばかりに傾けて時ながく錆あやつれる見ゆ

鳥居あかき小さな祠にまた出あふ漁港をいだく町めぐりゐて

たくさんの葉つき大根が干されあり冬の浜辺の夕日の下に

暮れ方の浜の焚火に二、三人寄りゆく　犬を連れたるもゐる

家づとの大根いつぽんずんと重しリュックにやうやく押し込めて持つ

まっすぐに来る

このゆびとまれ

今年こそは言ひ訳しないと決めてゐる　子どもの頃とたいして変らず

保育園の子らのかけ声止みやがて小さくまるき餅がとどきぬ

幼き日のわが声がいま届くごと「かくれんぼするものこのゆびとまれ」

砂団子できあがりたるらし男の子のひとときは大きな「いらっしゃいませ」

わが家にとどきし毬藻　毛先少しほぐるる感じとなりて落ち着く

ビーカーに沸かして淹るる仕事前のコーヒーうましと楽しげにいふ

実験と聞きてよみがへる試験管の液体に赤くかはりし紙片

寝起きのやうな頭にあかき頬の鳥けさもベランダにひとしきり鳴く

ベランダに微かにかをる枇杷の花ついばみ散らして飛びたちゆけり

二、三日まへの新聞ゆきもどりして顛末をくみたててゐる

おやゆびの先ほどの毬藻まもる日々ガラスの器に水をみたして

思ひゐしよりも早目に雪となりどの人も傘をかたむけてゆく

わたぼうし被れるポストに昨夜遅く書きし手紙を託してきたり

おみくじを引く

畝おこしせぬまま蒔かれたる小豆　葉かげに淡き黄の花咲かす

丈ひくくまばらに小豆は育ちをりさまざまな草生えゐるなかに

とほき日はものがたりめく小倉餡発祥の地の畑にたてば

障子しめ竹をかませて数百年前とかはらぬ戸締りをする

朝のまだつめたき磚の回廊を渡りきて厨子のみまへに坐りぬ

坐禅くみしづむる心ひよどりの声がときをり乱してゆけり

高く鳴き梢うつりてゆく百舌鳥を追ひゐて池のほとりに出でぬ

おんばらだはんどめいうん　繰りかへし呪文となへておみくじを引く

まつすぐに来る

雑木々のあはひに見えきて沼の面おびきよするがごとき鈍色

枯葦のめぐりに漂ひゐし鴨が首のべながらまつすぐに来る

水面をかけゆき蹴りて飛びたちし羽音は耳にながく残れる

マフラーに頬うづめあゆむ朝々となりて近づく母の忌の日は

風に揺れゐし梢も見えず昼すぎに予報どほりの雪の降りきて

窓の外は

読みかけの本と少しの着替へ持ち旅の朝のやうに出で来つ

それぞれに故ありて食事をとれぬ人ばかりなりけさは配膳車来ず

病室の窓からとほく見えてをり父母とのぼりし東京タワー

友人がと言ひさししのちを覚えゐず麻酔のすでに効き来しならん

五時を告ぐるチャイムに血圧・脈拍が反応せしとふ眠りてゐても

幾本ものチューブに繋がれ寝返りのできぬ身に闇が押しよせてくる

意識なき七、八時間のうちにありし海の大事故を新聞に知る

窓の外は華やげる街むらさきに東京タワーが灯されをりて

われより若し

野にありし日を恋ふごとくラグラスはわづかな風に穂さき揺らせり

父在らぬ夏がふたたびめぐりきてわが咲かす白きにちにち草の花

子どもらの読みゐしあたりに散らばれるおしろい花の種のいくつぶ

盆踊りの太鼓がとほく聞こえをり　母とあかりのもとに踊りき

ちゃぶ台を囲めるなかに写りゐてブラウスの母はわれより若し

ロータリー

早稲田通りの馬場口にありしロータリー覚えゐる人の少なくなりぬ

父や母がひいきにしてゐし写真館ロータリー近くのここにありしも

願書用、履歴書用にわれもたびたび撮つてもらひぬ証明写真を

父母の知るものがまた失せしこと思ひつつ信号変はるを待てり

店番の無聊なぐさむるラジオならんトーク番組ききながらゐる

若き日に買ひそびれし本手にとればかすかにきこゆパラフィン紙の音

愛想なき店主なれども紙の角そろへて本を包みくれたり

散らばれる銀杏《ぎんなん》よけてゆく境内　建て直されし社《やしろ》も古りぬ

宵宮はいつも雨降り　祀らるる大神《おほかみ》水をつかさどりゐて

塞の神と知らずかたへに遊びゐき鬼ごつこしてかくれんばうして

撤去されて久しきいまも交差点をロータリーと呼ぶわれらはらから

葱のヴルーテ

見知らぬ地に誘《いざな》はるるごとし銀杏黄葉散りしく道とけさはなりゐて

陽に透ける枯葉のやうに枝にをり揚羽の蛹はここで冬を越す

煮つめゆく葱のヴルーテ匂ひ立てりつつがなくこの冬過ごしたし

ひつつみの生地をこねつつそのかたさ確かめんと触るる母似の耳たぶ

寒のうちといへども四月のやうな陽気　母の逝きしもこんな日なりき

母の帰り待ちかね木戸に倚りゐたり夢のなかわれは幼くありて

埋み火となりていまなほ胸にありだいぢやうぶよといふ母のこゑ

靄の底に東京タワーの沈みゐる朝いつになく電車混みあふ

階段の近くのドアより乗る電車トートバッグの人けさもゐる

文庫本と上つ張りらしきがはみだせるバッグをさげて降りてゆきたり

弾薬庫

横穴を掘りて築きし弾薬庫のうす暗がりはうかがひ知れず

煉瓦の壁つづくとなりに指令室、兵舎もくらき口をあけゐる

石段《いしきだ》に土がつもりて草が生え記憶はかうして埋もれゆかん

装填演習のきびしさ思はせ木製の砲弾に残るいくすぢの疵

掬ひたる砂鉄きらきらとこぼれゆく要塞跡は浜辺から見えず

きのこのパズル

卒論のつづきを書きてゐるのかとからかふ君が米とぎに立つ

ハンバーグこんがり焼きあげ君はまた腕あげたよと得意げにいふ

玉葱はやめてキャベツをいれたからさつぱりしてゐるだらうといへり

猫ぎらひの賢治にあらん目から火花でるほど激しきセロを聞かせる

簡単すぎず難しすぎぬ切れ目入れ作りゐるなりきのこのパズル

カッターの刃先くらゐに鉛筆を尖らせて引く切り込み線を

たてがみをかきあげブラシ当てやればあたたかくかたしポニーの首は

子ら乗せてひとめぐりするのが仕事ポニーは山の牧場より来し

不在証明

父のもとに

ともに遊びし諏訪神社の前をゆく終《つひ》の帰宅となりたる兄と

あはれ紙の一文銭六枚　死出の旅にたちゆく兄の支度のなかに

たてむすびに結びて[illegible]せて送りたるむごき仕打ちと思ひてゐずや

雨の窓に舞ひきてとまる銀杏もみぢ　別れを告げねばならざる朝に

兄の猫のうち三匹は落ち着かずわが行く先ざきにふはりつき来て

人見知りつよき猫二匹ものかげに隠るるを待ち書斎に入《はい》る

年を越すことすでになき人と思ふ街のにぎはひ抜けてきたりて

兄のあとつきて駆けゆき上がりたる奴凧の糸もたせて貰ひき

マヨヒガのごといづこかにある父の家ならん柿も古木となりて

マヨヒガ――遠野地方の山にあるといふまぼろしの家

飛び石は庭に苔むしてゐるだらう魂たちの住む家なれば

冬空にひとひらの雲かがよへり父のもとに兄の着きたる頃か

遠ざかりゆく

耳鳴りが添ふ身となれるはいつよりかボアのコートをまとひいで来ぬ

花に会ふとうたがはずゐし兄ならん蕾のかたき沈丁花そなふ

折り合ひがつかぬ思ひに過ごしをり夕べゆふべに水を替へつつ

形見分けのひとつとなりたる雉猫のさくらは妹にもらはれてゆく

いまはには走馬灯のごと来し方が見ゆると聞かされき少女のわれは

止まりては落葉をつつきまたつつき椋鳥はつかず離れずにゐる

かすかな音たてて落葉をさぐりつつ五、六羽しだいに遠ざかりゆく

ばらばらに啄むと見えてひとつの群れみんな木立のむかうに消えぬ

一年に六時間づつためてきてけふはうるふ日　ギャラリーにゆく

火消婆《ひけしばば》が火を吹き消してまはるのか桜の季《とき》となりても寒し

かなしみが醸されてゐるときならん風船かづらの芽まだいでてこず

不在証明

咲かせゐる夏の花々みな白しそのまま父母、兄への供花ぞ

魂《たま》なればいくた人《り》なりとも乗せられん胡瓜の馬の脚をととのふ

生長を楽しみにしてゐし兄か柿の若木をもとめきたりて

まだ青く小《ち》さき柿の実ふたつぶを枝ごと兄にたむけんと折る

蜜蜂がきてゐて気づくこの朝ふうせんかづらが咲き初めしこと

デスクマットに挟みたるままのメモのたぐひ不在証明のやうな数枚

夢のなかの兄は少年　山道をかけてゆきたり追ひつかざりき

とほき日の記憶とかさなる　夢に来し白シャツの兄、手の捕虫網

ふうせんかづらの蜜吸ふ蜂と水をまくわれとかたみに距離たもちゐる

耳痛くなるまで蟬の声をきく父葬りしかの日のやうに

落ち込みやすき心に過ごし来たる日々ゆふがほの蕾も最後となりぬ

海へ還らん

南房総の布良を訪ふ

トンネルに入るたび短く警笛を鳴らす列車に運ばれてゆく

行きあへる初めの社《やしろ》に手を合はすいつしか旅の習ひとなりゐて

布良《めら》の海と集落みおろす高台に探し当てたり敏子の詩碑を
高田敏子の詩碑「布良海岸」

詩碑に手を当つればかすかに藻の匂ひ歳月《とき》かけて海へ還らん石か

腰掛けてゐるのは海を恋ふ人の影か木漏れ日のやうに揺れつつ

すれ違ふ人ひとりなき漁師町ひものの店も戸を鎖《さ》してをり

木の祠のやうな待合小屋のなか一時間後にくるバスを待ちゐる

初雪

積もることなくて止みたり亡き人がよこしし便りのやうな初雪

遺されしふたりとなりて妹とわかち持ちゆく供花と水桶

励めよといふ声きこゆ賜ひたる押絵羽子板　几に置けば

寒立馬の前脚うつせり雪面をはがして牧草食むと伝へて

風の夜を眠れず思ふまたふえてわれに禁忌となりたる言葉

春のふらここ

手のひらにメモする癖の抜けきらず薄るるを頼りに資料あつむる

下の階の保育園はいま何をしてゐるのかがんばれコールが聞こゆ

いつのまにかメダカ係りとなりてゐて給湯室に水を汲みをり

前任者からの引継ぎ事項　水替へのあとは二、三日餌やらぬこと

立ち上がるときにミニカー落したり家に幼子が待つ人ならん

水曜日の午前十時にやつてくる　パンの移動販売は楽鳴らしつつ

キャベツの葉やはらかく巻くを買ひきたりひとつ仕事の終りし夕べ

風速計が音立ててまはる坂の上たれもが肩をすぼめて歩む

急ぎ足でゆきたきわれに沈丁花のかをりつき来る角曲がりても

晴れやらぬ思ひかかへてゐる人も揺らしていいよね春のふらここ

埋もれゐる椅子

あふられてトタンの屋根の鳴るかたへ浜ひるがほの花がひろがる

壁の板はづれゐて見ゆ　ワイヤーも漁網をさげる釘もさびをり

放たれて走りし犬かひとすぢの線と足あと浜辺につづく

明け方に来てこしかくる人もあらん砂《いさご》になかば埋もれゐる椅子

昼もなほ暗くともし火ゆらぎをり海に対かひて建ちゐる社《やしろ》

骨董市

東北のこけし無造作のやうでゐて底面の銘を見せつつまろぶ

欲しきもの何かは分からず歩みゆく骨董市のさざめきのなか

裂織《さきおり》の古着に魅せられたるならん外国の男性もどりて来たり

三万、二万五千と言ひあひ裂織の野良着の値段交渉つづく

天に二つ地に五つの輪はまりたる陶のそろばん手のひらにのる

左のこぶし

迷ひ犬か旅の途中の犬なりしか七日ほどわが家に過ごしゆきたり

いつのまにか居着きてふいに失せし犬　生家にぎやかなりにし日々に

四歳の雄、ああ私のことですか、十七歳《じふなな》ですと鷹匠補こたふ

止まるのはここと大鷹まつしぐらに少女の左こぶしに戻る

掌にのせて娘《こ》がさしだせる風邪薬わたしもかうして母に飲ませき

副作用あると知りつつ朝ごとにのみてゐたりし母の錠剤

碓氷峠

関所の通過ねがひでて手をつきし石　ひらたくて少し窪みゐるのは

おじぎ石はいまもひんやりと土のうへ峠にむかふわれも手をおく

白秋の碓氷嶺の碑をあふぎたり大正十二年春ふかき日の歌

アプト式線路の跡は遊歩道　やまかがしが日に当たりてゐたり

先に気づきて逃げだしたるはやまかがし斑模様が草むらに消ゆ

木五倍子《きぶし》の花ゆたかに咲ける下《もと》に憩ふ　峠の道をここまで来たり

隧道を抜けでるたびに春浅くなりて咲きゐるやしやぶしの花

眼鏡橋はいまだ冬枯れ　白秋の春から遠くさかのぼり来し

父の車にて碓氷峠は越へたりきへアピンカーブに息をのみつつ

ダム湖なれど紺碧の水　あめんぼを捕らんと子らが三人《みたり》寄りゆく

ゆりの木の影

子午線

幼く遊びて

降りたてば海のにほひのする駅舎　この町にきみの祖《おや》は眠れる

石畳の小径を斜めによぎりをり子午線のありか示すひとすぢ

建物がたちてをれども坂道のカーブは記憶に違《たが》はずとゆく

右に折れて三軒目のあるこの辺り僕は生れしと立ち止まりたり

夏ごとに帰りし家をいふ君にいまも聞こえゐん熊蟬の声

わが知らぬ日の君を信坊《しんぼう》にいちやんとよぶ従妹に少し嫉妬してゐる

坂を下りまつすぐゆけば海にでる　月見草はそこで覚えたりしと

投げわざでボートから海に放られき信坊の顔となりてつぶやく

放り込みてのち甥つ子に言ひしとふ　なんだ信坊泳げなかつたのか

足に砂つけしまま帰り来たりしか疲るるまでを幼く遊びて

ふはふはとする

前脚ですばやく獲物をかくす猫　港の道に腹ばひにゐて

通りすぎるふりして見れば野良猫もこちらの方をうかがひゐたり

からびたる鰈を脚でおほひゐる猫よ　獲らないから　大丈夫だから

他に何もいらない何も聞こえないといふがごとくにかれひ食みをり

人ひとり葬り終へしさみしさのなかに来て猫　ひたむきに食む

明石海峡けふ通過する巨大船　新聞に見てより朝をはじむる

ケリー号の通過は十一時二十分舳先するどく水切りて来ん

魚の棚《うをんたな》商店街に声たかく売られをり　かじら　つばす　はりいか

天ぷらはこの店と聞き商店街ぬけでる手前の蒲鉾屋にて買ふ

明石では魚のすり身の揚げものも天ぷら　知らぬことばかりなり

季節はやくすすみゆくとふ海のなか甘藻はすでに種こぼしゐん

子午線を越えてよりのちふはふはとすると思ひてゐれば君もいふ

土蜘蛛塚

土蜘蛛の棲処より発掘の火袋を貰ひ受けし人、家運かたむけば土蜘蛛の祟りとて火袋を東向観音に奉納す。土蜘蛛はわが国の先住穴居民族といはれゐるなり。

立て札の墨書は滲みうすれゐて読みとれるのは土のひと文字

描かれて白目むきをり頼光にとどめ刺さるるときの土蛛蜘

土蜘蛛草紙絵巻

鬼に似る顔と黒き毛はゆる脚　四尺の蜘蛛はふとぶとあり

まつろはぬ民の棲処から掘り出されし火袋　石仏　墓標の破片

火袋―灯篭の火を灯すところ

身の丈の短かかりける民といふ　ならば背の低きわれも土蜘蛛

わがかうべ刎ねたる太刀を蜘蛛切と名づくと聞けば胸しづまらず

掴みだされ討たれし怨みこもる血で刀を汚しやりたるものを

北野の地に先に棲めるはわれらなり　ああ湿りて匂ふ古塚の土

火袋を盗《と》りゆき人はおのが庭に飾れるといふ　許しがたしも

われに返りて立つ足もとに花ちさき荒地盗人萩のいくすぢ

土蜘蛛より放たれくれば軒下に木胡椒、蕪菜ならべ売る家

算額

江戸時代の和算家が数学の問題や解法を記して
奉納せし絵馬、算額をみる。

朱と白のさまざまな円の組みあはせ描かれゐて絵画のやうな算額

北野天満宮

算額に挑む力あらば愉しからん絵馬堂で缶のコーヒーを飲む

火産霊神《ほむすびのかみ》にまゐれば蘇《か》へりくるかすかな記憶　土間のくらがり

家にゐるときと同じに過ごせよと宿坊の部屋の鍵渡されぬ

参籠者わたし一人のための法話　人は独りであるといふこと

キャンパス

キャンパスの片隅にある弓道場ひさしに枯葉をつもらせてゐる

稽古する前後に清むる床ならん軒下に雑巾いく枚下がる

この床をふみしめ稽古に励みけん学生なりし日の父もまた

とぢ糸の切れさうな書物とりだして垜《あづち》といふ字を示しくれたり

壁ぎはに巻藁の的　かたはらの鏡は姿勢をみるためのもの

家にありし父の巻藁ひとたびも触ることなく過ごしてしまひき

学び終へてほどなく病に伏しし父の記せるエッセイ　哲学めきをり

十年ちかき療養ののちに結ばれて灯るごとありしか母との日々は

ゆりの木の影

チューリップの球根そこここに埋めたり目覚時計《めざまし》いくつもかけおくごとく

何を食みし兄にてあらんつひの日と知らず迎へし朝《あした》の卓に

兄の忌の日までをかぞへつつ過ごす落葉を寄せてガラス磨きて

冬の間のわづかな彩りベランダに咲かせるビオラむらさきの花

ペン立に挿しおく鳶《とび》の風切羽ひらめきのごと降《ふ》りて来しもの

抽斗のムックリの紐いつ知れず切れをり旅は遥かとなりて

本の扉ひらけば森のローラの家　暖炉で薪の炎がゆるる

ヒッコリーのチップで燻製つくるくだり冬仕度はどこかいそいそとして

空色のトラックは移動式本屋さん港町の辻にけふは来てゐる

運転席のすぐうしろには映画・音楽　そして文学　朔太郎もある

枯芝にわが影ながく足ふとしガリバーとなりてわしわしとゆく

池の面《も》の光散らして水浴びをする鴨　群れのなかなる一羽

歩きつかれベンチにゐれば差しのべる手のごとゆりの木の影とどく

煙たなびく

小型漁船ならぶ港にかがまりて老夫婦ひじきを広げてゐたり

乾きゆくひじきのかたはらちやんちやんこ着てゐる犬がこちら振り向く

石組めるかまどに流木なども焚べひじき煮つづくる六、七時間

ひじき煮るは共同作業　女一人、男三人が釜かこみをり

昼どきとなればおほかた片づけて火を守る一人残して去りぬ

弁当のあまりを鳶に投げやりて人はゆつくりと立ち上がりたり

海からの風が育ててくるるゆゑ甘しといひてキャベツをかかぐ

揚雲雀の声をききつつ太りゆくキャベツか大きく外葉ひろげて

昆布干場に下げられてゐて自家用の干物にあらんきんきの三尾

龍神の石の祠は小《ち》さくあり浮きやロープの置かるる傍に

まなぶたを閉づ

波止場

祖母《おほはは》の形見の手箱にその父母《ふぼ》のものならん煙管、象牙のかんざし

竿秤《さをばかり》の箱にたたまれ「二十グラムは五匁四フン」と手書きの紙片

紙縒にてとぢられてあり戸籍吏の朱印おされし和紙の謄本

英国へ兵士乗せゆきし曽祖父とふ　第一次世界大戦時のこと

知る術のすでにはあらず曽祖父の船のほんたうの行先も荷も

元町の写真館なりしか誕生祝の晴着にくるまれ撮られゐる母

みひらきて写る幼子カメラより遠くの何かをいぶかるやうに

波止場から吹きくる風にをさな日をはぐくまれたる母にありしか

戸籍

大正十二年九月一日火災罹リ滅失ニ付キ本戸籍再製ス

昼寝から目覚めて上がり框にてぐづつきゐしとき家崩れしと

抱き人形いだきたるまま下敷きになりし子　のちにわが母となる

街に多くの人倒れゐて焼け残る着物で見分くるほかはなかりし

「行き先はだから必ず告げなさい」いつまでも恐れをりたり祖母は

謄本のたぐひにまぎれゐる一枚　聴取無線電話私設許可書

ラジオ聴くための許可書によろこびの声あがりけん昭和九年秋

出向の辞令は昭和十七年　国民学校の教師の母に

十八年十月死亡届出　戦争を母の語らざりし理由かこれが

疎開先で書かれし死亡診断書おほちちの生きゐし証となれり

ひとり子の母が嫁ぎて絶えし家　全員除籍ニツキ本戸籍消除ス

上臺の人々

浜つ子の少女なりしが父と出会ふ　不思議なことのやうに思はる

ルンペンストーブ描き添へられをり六十六年前に届きし母への葉書

「石北線車中にて」とある父の文字　大雪のなかの移動を伝ふ

父母の暮しのなかに飛び跳ねてありしか幼きわれら三人子《みたりご》

舶来の人形と知らずままごとに抱きて寝かせて語りかけゐき

ひらがなに書かれし葉書は兄あてで妹たちを羨ましがらせぬ

地図上から消えし本牧町字上臺《かみだい》生まれ育ちし母もすでに亡く

空襲に焼け残りたる三軒のうちの一軒　帰らざりし家

母の通ひし小学校は下校時か子らにぎやかに坂くだりくる

階段と坂おほき道をたどりゆく若き日の母の暮し探りつつ

野猫をよく見かける町なりぶちに声かけゐる人は母のまぼろし

震災に空襲に焼け落ちし街いまのびやかに合歓が咲きゐる

風に乗りとどく汽笛に足を止む曽祖母も母も耳澄ましけん

艶やかなどんぐり拾ひぬ戦時には貴重な食糧なりしどんぐり

曽祖父の海図にありし外つ国のいくつかはいまも戦ひのなか

さざ波のやうな葉いくへもひろげゐる合歓の木の下　み祖《おや》は眠る

会ひたかりし上臺の家の人々よ手向くる香《かう》のけむりたちこむ

椋の木が音たてて実をこぼしくる奥津城のもと去りがたくゐる

曽祖父母の墓所に拾ひし椋の実を母にそなへてけふを報告す

洋服は赤

おほははのものと見まがふ足踏みのミシン飾らるる元町をゆく

回転してひらく抽斗とりどりのボビンに触るるも遊びなりにき

いまもホップの酵母で発酵させるパン「イングランド」のあたたかきを買ふ

曽祖父母も食べたのだらうか明治半ば創業の宇千喜《うちき》商店のパン

岸壁に沿ひてゆつたりアカエイが泳ぎゆくよと母に告げたし

おほははに連れられ歩みし日のありき夏の陽はわれの影を濃くする

見覚えのあるおほははのオペラグラス兄の遺品の中に見つけぬ

抱き人形の洋服は赤　あふむけに寝かしつくればまなぶたを閉づ

あとがき

本歌集『ゆりの木の影』は『木の声』につぐ第二歌集です。平成十九年から令和元年までの作品、四一三首を収めました。

この十三年の間にはさまざまな出来事がありました。『木の声』の頃はまだ幼かった子どもたちが社会人となりました。一方で、父母を亡くしたあと支えあってきた兄が急逝しています。

「歩きつかれベンチにゐれば差しのべる手のごとゆりの木の影とどく」。ゆりの木の影が足元までできているのをみて、亡き父母や兄を思いました。目には見えないけれども、いつも手を差し伸べてくれているのかも知れません。守るべき存在だった子どもたちも、いまは折につけて手を貸してくれるようになりました。助けあうかけがえのない友人もいます。差し伸べあうたくさんの手を思いながら、タイトルを『ゆりの木の影』としました。

大学に入学してすぐ木俣修先生が顧問の学内短歌会「春鳥会」に入り、同時に「形成」

に入会ました。木俣先生の最初の講義に心を動かされたからです。

「形成」の解散後は同人誌「徐」を拠りどころとしてきました。その「徐」もこの秋には二十五周年となります。そして冬の初めに私は古希という節目を迎えます。ここで一度立ち止まって、これまでの作品を振り返ってみようと思い歌集を編むことにました。

歌集を上梓するにあたって、浅野光一さんをはじめとしました「徐」の先輩方や仲間から、アドバイスと励ましをいただきました。たいへん有り難く思っております。

このたびは縁あって飯塚書店にお世話になりました。出版に際してこまやかにご配慮くださいました飯塚行男氏に、厚くお礼を申し上げます。

令和二年九月三日

安部　真理子

著者略歴

昭和四十四年四月　「形成」に入会、木俣修に師事
平成五年　「形成」解散
平成七年　「冴」創刊に参加
平成十九年　歌集『木の声』を上梓
平成二十年　「木俣修研究会」発足に参加
現代歌人協会会員　日本歌人クラブ会員

歌集『ゆりの木の影』

令和二年十月十六日　初版第一刷発行

著　者　安部　真理子
〒一五三‐〇〇六四
東京都目黒区下目黒二‐一九‐八‐一三〇三

装　幀　山家　由希
発行者　飯塚　行男
発行所　株式会社　飯塚書店　http://izbooks.co.jp
〒一一二‐〇〇〇二
東京都文京区小石川五‐十六‐四
☎　〇三（三八一五）三八〇五
FAX　〇三（三八一五）三八一〇

印刷・製本　日本ハイコム株式会社

　ISBN978-4-7522-8130-9　Printed in Japan